邓朝晖，中国作家协会会员，鲁迅文学院高研班第 22 期学员，曾参加诗刊社第 23 届青春诗会。有 800 余首诗歌见于《诗刊》《新华文摘》《人民文学》《星星》《十月》等刊；20 余万字的散文、小说发表于《文艺报》《山花》《黄河文学》《西部》《湖南文学》《延河》《青岛文学》《文学港》等报刊。获第 27 届湖南省青年文学奖、中国第五届红高粱诗歌奖、常德原创文艺奖等奖项。

中国行吟诗人文库 第二辑　李 立　主编

阳台上的大海

邓朝晖　著

黄河出版传媒集团

阳 光 出 版 社

图书在版编目（CIP）数据

阳台上的大海 / 邓朝晖著. -- 银川：阳光出版社，
2024. 8. -- （中国行吟诗人文库 / 李立主编）.
ISBN 978-7-5525-7296-4

Ⅰ. I227

中国国家版本馆CIP数据核字第2024HA4539号

中国行吟诗人文库　第二辑　　　　李　立　主编

阳台上的大海
YANGTAI SHANG DE DAHAI

邓朝晖　著

责任编辑　赵维娟
封面设计　鸿儒文轩·末末美书
责任印制　岳建宁

黄河出版传媒集团
阳　光　出　版　社　出版发行

出 版 人　薛文斌
地　　址　宁夏银川市北京东路139号出版大厦（750001）
网　　址　http://www.ygchbs.com
网上书店　http://shop129132959.taobao.com
电子信箱　yangguangchubanshe@163.com
邮购电话　0951-5047283
经　　销　全国新华书店
印刷装订　三河市华东印刷有限公司
印刷委托书号　（宁）0029589

开　　本　787 mm×1092 mm　1/32
印　　张　7.5
字　　数　130千字
版　　次　2024年8月第1版
印　　次　2024年8月第1次印刷
书　　号　ISBN 978-7-5525-7296-4
定　　价　58.00元

总序

行吟者，灵魂像风一样自由

李立

空气看不见摸不着，上天入地，间隙不留，无处不在，随时生风。大千世界，朗朗乾坤，诗意无所不至，如风般潜隐、默化、繁衍、缤纷、飘逸、激扬。边行边吟，行吟诗歌如雨后春笋，蓬勃兴起。当代行吟诗歌已呈方兴未艾、风生水起之势。

尺寸方圆，风起云涌，绵绵无穷。思想可抵达之地，便是诗情的肥沃土壤，行吟诗歌的种子就能生根、萌芽、开花、结果。

行吟诗歌，自古有之，古今中外许多伟大的诗人，留下不胜枚举的不朽之作。

"飞流直下三千尺，疑是银河落九天。"诗仙李白临风对月，纵横山水，笑傲江湖，托举金樽，嬉笑怒骂，出口成章，行吟天下。

"朱门酒肉臭，路有冻死骨。"诗圣杜甫悲天悯人，路见凄怆，有感而发，笔触凝重，抨击时政，揭露黑暗。

"众里寻他千百度。蓦然回首，那人却在，灯火阑珊处。"一生以恢复中原为志的南宋名将辛弃疾仿佛在描绘爱情，又好像在抒发心中的压抑。他行吟于塞上边关，出入于金戈铁马，奔波于长城内外，倾诉壮志难酬的悲愤。

行吟诗歌可分抒情诗、叙事诗、咏物诗、爱情诗等。但行吟诗歌没有泾渭分明的派别之争，没有壁垒矗立的门第之别，四海之内的诵吟唱颂皆为行吟诗歌。行吟诗歌讲究清新脱俗、自然天成，拒绝闭门造车、忸怩作态、故步自封。马嘶狼嚎、鸟唱虫鸣、飞瀑激流等大自然发出的天籁之音，行吟诗人都乐意洗耳恭听，并欣然与之唱和。

风喜于拈花惹草，擅于推波助澜，忠于神采飞扬，形于来无影去无踪。从不作茧自缚，从不循规蹈矩，从不因循守旧，从不裹足不前。它弹拨漫山红叶，它吹奏江湖涟漪，它令蝴蝶蹁跹起舞，它让雪花深情款款，它能使春光风情万种，它亦能使黄沙骚动不安，在风面前，万物皆难以克制和矜持，不会无动于衷。

行吟诗歌歌颂大自然，表达真善美，挞伐假恶丑，颂扬清风正气，赞美清平世界。行吟诗歌不是游山玩水的遣兴，不是游手好闲的造作，不是江山如画的拼图，不是沽名钓誉的无病呻吟。

行吟诗歌能走进峻岭悬崖的皱褶内核，能与江河湖海促膝谈心，能与大漠戈壁共枕日月，能与孤花独草形成心灵共振，能以一颗怜悯之心去撞击世俗的铜墙铁壁，能赋予落寞古刹崭新的生命力。行吟诗歌最先抵达的目的地，是行吟者的内心深处。

脚步触摸不了的远方，只要思想和诗意锲而不舍，行吟诗歌就永远没有终点站。

想走就走，沐风浴日，披星戴月，挥毫落纸。山川河流，都市街巷，名胜古刹，危峰峭壁，荒郊野外，田间地头，只要你悉心观察，用心灵的颤音去追寻缪斯，那么，你就会诀别于寂寥和空虚，收获大自然慷慨的馈赠。行吟诗歌如风一样无处不在，但更加持重、洒脱、灵动、端庄、丰满、秀丽、辽阔，更讲究内涵、韵律、节奏和风情，看得透理得清，来无影去有踪。

大自然是行吟诗歌的温床。行而吟之，诗如其人。

大鹏借助风升空，诗人驾驭意境升华。

行吟者，目光如炬，声似洪钟，思如泉涌，行走在蓝色星球上，灵魂像风一样自由。笔随心动，诗意生风。诗情蓬勃，无所不及。

2023 年 11 月 1 日于新疆塔城

目录 *contents*

第一辑　组诗选

第二辑　短诗精选

第三辑 小长诗

第一辑

组诗选

五水图（组诗）

潕水河

我只有一副贫穷衰老的身体

沙洲是背上增生的骨殖

桃花是舌尖吐纳的毒瘤

从贵州到湖南三十里

从波洲到夜郎三十里

还要去国怀乡

绵延入芷江，下安江

改道去黔阳

我已老无所依

执偏安一隅

坐等梨花开在一个又一个陌上

还要着小袄春衫

看秋龄恰好

赴一场物是人非的合拢宴

人面兽一头罩上地狱的面具

一脚浮云过天堂

这沿江而生的植物

浮萍、睡莲坐在自己的子宫里

有一半开合也是前世修来

野芹菜芳香低矮

桑葚果困顿如母亲

我已经老无所有

凸面落麦芒，凹面停针尖

夜郎国度春风十里

容我不动声色慢慢地返回

唆拜①

到了这一站就放手吧

就此海棠雍容

---

① 唆拜，侗族语，干杯的意思。

竹山更迭了日暮

千面狐埋藏在井底

火葱洗手，一段葱白，一段豆绿

趁天色尚早，他们做起春分饭

惊蛰令，暗语生

香菇切成指甲状，花生、玉米

水边的芹菜入主衔安

我们不得不留下

到此算半生亦老

黄花不论英雄

糯米煮酒，也不过是当时的错

还要什么木炭煨火

残颜遮羞

你只有一身赤裸的曲线

弯刀折向来路

直线跌跌撞撞

倒向千疮百孔的下一场

酱油园子

紫树桃花

有一半淹没在酱缸里

一群人在打牌

谁会落入窠臼自取羞辱

局中人自在心中

一堆乌黑的老坛沉默等候

多年的潮湿、萌动、欢喜与怀念

一直沤烂到心里

我忘了这个春天还会有惊艳

姚家巷里越深越迈不开

你可以不用被打扰

掀开平静的蓝花布

一簇小巧的迎春花从墙角开放

它模拟了一个人的嘴

那么小心，那么小心……

青碧

有河水为证
这里有铜质的楼台铁打的江山
有狐妖扮作土家女
牛头的旗杆装点暮色的城

你偶然流落到此
苦竹寨四面都是高山
黑瓦落满银杏
寡妇十里送君
你翻唐渡宋乘木筏
明清是一匹愤怒的黑马
你越来越近越来越黯然
枯柴躲在墙角
棺木安放堂屋
生的火焰低于死的尊严

在江湖

你的羊群出现在别人的山坡

母兽出了远门

夜里无人安睡

大王殿

青菜有毒

晒干了也会念旧

大王殿里草裙飞扬

葫芦里兵戎相见

男子不管杖戟

裸胸的女子怀抱孪生

肚脐下垂鲜花

双耳挂铜铃

竹篮护紧下河的后生

大王 ①

---

① 大王，即盘瓠大王。

且用柴刀割下猪头肉

酱卤的颜色，酒喷的香啊

还有猪蹄，猪尾

雨洒的清明，起落的龙舟

碎香三炷依了前世

黄纸行走阴阳

蓝锦布，麒麟图

袖口、衣角是浪子的心

大王

墙头贴满三角旗

神灵在上

香案有小酒

烟囱里腾起漫水村的云雾

香樟树挨紧红染房

苗族女子白衫白裤一路唢呐

她们在唱什么呢

石头有温热

大王降了凡心

上河的风雨下河的石磨

碑上刻满根源

心头留意漩涡

梯玛神歌[①]

摆手堂大门紧闭

姑娘和神去往何方

那里有盛开过的烟火，丰收的大王

炭文眉，红纸画心

青面獠牙只是我多愁的面具

可以手握木刀腰系红绳

从山脚匍匐到山腰

八面山上四面埋伏啊

婴儿啼夜公鸡打鸣

怀旧的人去了惹巴拉

梯玛

---

① 梯玛神歌，土家族祭祀或敬神时所唱念吟诵的歌谣。梯玛，敬神的人。

战死的人还会站立着回来

哭嫁的女没了娘亲

你在戏楼前生旦净末还我一世的情仇

马桑树上乍暖还寒又显灵了一盏烛光

梯玛，那是一个冬日暮晚

暮色四合，烟雨迷惑

我撑一把朱红伞

有碎花和流苏

有大风吹过茫茫酉水

牧羊女帘前洗澡落红飞花

去往惹巴拉①

惹巴拉是一片荒野之地

那里有惊扰的小兽和刺破的熊胆

洗车古镇方圆百里星空作乱

流水失去贞操

———————————

① 惹巴拉，地名。

杂树乱点鸳鸯谱

八面山上大摆鸿门宴

失意的人胡须染色长发蒙面

腰配短剑更多的时候刺伤了自己

不忍退去

已入龙潭虎穴

从吉首往西

经花垣的苗女

仓皇间差点中了蛊毒

保靖的穿山之术

一百多里已经半生的九曲回肠

到清水坪风轻云淡

笑意里留心暗伤

只有里耶 ① 心怀开阔

秦时就知书简传情

你可以慢些再慢些

让酉水逆风而行

---

① 里耶，地名。

将一路的旧伤新恨绕水三周

肝肠寸断

青蛇记

身外是青涩的芭茅苇

一如我的潜伏与低贱

它们掩饰了我的焦虑和多情

我在其中穿梭

沙沙的是风声

草叶戏弄空气

那个绝情的人来过

并没有看我

他的闪电只扫过一株盛开的蔷薇

而我此刻的欲念是轻轻缠过他的脚背

闻一闻他踩过的青草气息

二酉山多小鬼出没

稍一差池便陷入瓮城、迷宫

小营门42号

那一年，我五岁
小营门的春天比往年的晚
碧绿棉袄比不过柳枝的妖娆
我披头散发，重重房间是一个偌大的宫殿
门口的杂货铺子顺水而下到过常德码头
爹的咳嗽一声紧过一声
姐姐担水洗红心萝卜，蓝水漂的花布
日子是院墙外的青石板
濡湿而温和
爹不曾打过我，娘也没有

我不记得爹什么时候走的
什么时候有了一个继父
娘带着我在山路上转啊
我吐尽了肚子里所有的食物
也没有倒出远方的命运

山是青蓝

和手里的包袱一样

我把姐姐留在四合院

灰色的屋檐下只有一个斜斜的日影

雨滴从天井落下，被瓦缸接住

被外婆的小脚接住

我在翻山越岭时她在挑一担孤独的河水

我坐在两个人的航船上她在看淡蓝色的门楣

我开始哭泣

当那个短发妇人揽过我的头

尝试像母亲一样温暖我

我预感命运将会从此折弯

走向另一个未知的巷口

从此我学会了乖巧

门口的指甲花开得永远那么喜气

多像一个没心没肺的人

戏楼前

每一株花朵都是前世的姐妹

饥饿猛于萧瑟

我系紧围巾，手伸进口袋

寻找宿命的温暖

自小对戏台有偏爱

知道父命难违

一个小旦有齐腰的长辫

她清秀，大眼睛

穿碎花方领的确良长袖

不同于戏台上的挥舞

她走过我

无视于一个八岁戏迷狂喜的目光

她的每一出戏我都记得

如同历数自己童年时代的悲欢

我听不进母亲的规劝

宁愿相信公子多情，小姐薄命

最爱鸾凤呈祥

驸马爷遇见多难的公主

我有成人之美

不想见生离死别

挥舞的大刀只是道具

你今晚的华美只为博取我

片刻的欢心

冬天冷得让人心疼

舞阳河水一天短似一天

你看不见格子之外的世界

武将军彩鞭佯装打马

为一个英名在番邦屈辱了一生

银杏客栈（组诗）

之一：黄昏

黄昏是用来心疼的

我不便说出那些沉湎中的隐秘

跳舞的人们排起了长队

他们围成圆圈

追问一个守口如瓶的人

而中间虚无

没有人起舞

音乐指挥着空气

他们在空中划着拍子

等待一个人，从小道上分岔

走向自己的花园

一颗石子在山中迷路了

它不是左腹的那颗

不是负担重量的那颗

它有一百个不愿意

从一座山头到另一座山头

犹如从一个男人到另一个男人

的命运

有的时候

它需折四十五度角

弯曲成九曲的盲肠

越盲目越尖锐

我让那颗石子圆润下来

从枪口退出

回到黑暗的地方

回到哑

回到聋

回到平坦的日子

回到殊途的日子

之二：客栈

房子

一个空虚的人

这个薄雾的黄昏

人们都离开了

老祖母只剩下松软的肚皮

和空荡荡的子宫

我几次打开门

看见客居的卧榻形容整齐

如一个素缟的女子等待一个

未知的良宵

我那么令她害怕吗

她在暗影中等待

没有喜色，也没有挣扎

我冷冷地瞟了一眼

今夜

我只是一个过客

于这间楼阁

这张床榻

这具四面楚歌的身体

之三：清晨

我往肚子里填进了馒头

鸡蛋和米粥

对面的人在叫我

对面是一间百年的屋子

两只鹅在树下散步

金银花晾在竹盆里

石臼靠着水井

井中只有月光

屋子大门紧闭

有炊烟却没有人

我完全可以想象

这间屋子里藏了一个神灵

这山中藏着神灵

他们造访了我昨晚的梦境

他们造访了我几近坍塌的屋子

之四：银杏

并非所有事物都要求圆满

银杏叶不要

它只要圆的三分之一

一天中的下午或黄昏

一个人的三十年

要么是丰腴的那一段

要么是告别的那一段

还未及天命

它已生放逐之心

而我在离它百米外的客栈里假寐

寻找一个可以度过半生的人

之五：错过的

上山的时候

我错过了磨市、雁池、苏市、安溪

错过了青玉米、茶园

双孔、四孔的桥

深陷或肿胀的河流

我错过了那么多集镇

人们在高山之巅仍然可以安生

我错过了野生的花

纯粹或杂交的树

无论正出还是庶出

都是一夜风声的结果

我错过了那么多倾斜的事物

书可以在倾斜之处诵读

种子在倾斜之处破土

人类或万物的结合都不用倚靠

平衡的力量

之六：河流

在高山之巅

我洗漱的那些水

我泡新茶的那些水

我喝下的汤汁、米粥

我咽下的唾液

都出自一个幽暗的地方

寻找源头的人无路可走

越接近真实越虚幻

相见不如怀念

怀念不如流淌

我看到它的时候快到雁池了

我才看到有形的它

流淌的它

越低下越宽阔

越放荡越丰腴

我跟随着它
离开客居的源头
像一颗小石子一路打着水漂
我跳进去它就是我的衣服和子宫
我跳出来它就是我这一生
貌合神离的轨迹

旧核桃树（组诗）

第一日

夜幕下
一个戴面具的男人向我招手
天空刚露出月牙儿
如婴儿唇上溃疡的白斑
低伏的海岸线
朝远处走去的人越陷越深

我返身告别
回到暂时的栖身之处
在随时可能消失的陆地
一个与海水抗衡的院子里
一棵长满果实的树等着我

它在黑暗里等待

如我昨夜一无所知的经过

它的身子沉得坐下来

双手摊开

亮出鸡蛋大的绿果子

它的果子也沉得坐下来

就要接近地面

这华而不实的肩膀

第二日

木帆船开过来

一只深蓝一只棕褐

上游有一朵危险的白云

投下潜伏的波浪

海滩一趟趟送来白色泡沫

陆地如一块巨大的盐

一个幻象消失了

这掺了盐的爱情

我感到疲惫

想离开蓝色旧帆船的沙滩

危险下仍旧欢乐的人群

离开尖顶房子开满曼陀罗的异乡

像一只青核桃回到它的子宫里

子宫

八卦阵的空房子

每一个画地为牢的领地

都有难以开启的门

我的门在哪里

第三日

我坐在树下

蓝花布鞋藏在光影里

手腕上玉镯靠近念珠

石头的光亮和木雕的菩提子
显的灵光和隐的玄机
都在一个犯困的下午沉默

我不得动弹
漏下来的阳光
在周围洒下一张张地图
岛屿、陆地
神秘的国度和忧伤的省份
而未及照到的部分是海水
我在海面上漂浮
差一点就被陆地照耀

第四日

葫芦、南瓜爬上头顶
莲雾告别故乡
一种瓜菜无尽地生长
像一条条青蛇从高空俯冲

吐出它们的芯子
我试探这个上午的气味
陌生、疏远
果实转身忘记了奔跑中的恋人

而核桃树还在
在这片渐渐示弱的陆地
它沉默而执着
张开果实垂挂的手臂
陪伴月光下对弈的棋手

第五日

整个夜晚我在编一个故事
叫梅姐的女人独坐于一间黑屋子
她习惯了黑
穿古旧的衣服，认养前世的冤家
恍惚中听见有蛐蛐在屋子里叫
我踱步，驱赶腹内的虫鸣

驱赶与旧事挣扎的自己

而窗外果实
一言不发地看着

第六日

城楼下的野花
越疏离越蓬勃
它们在看不见的背面
密密匝匝的白
它们在悬崖自比为红颜
下面是作茧自缚的瓮
草木扎的营盘

追兵很久没有来了
大王是戏文里的传说
它们在没有战争的战场和自己撕扯
一方是了结的痛快

一方是悬挂一生的寂寥

你还要悬挂多久

第七日

我终于要离开
告别那些模棱两可的青果子
一生都没有爱过
从遇见到衰败
它们总在青涩中
鸡蛋大的身子
还没有谁舍得剥开

我告别枝叶笼罩下安全的光阴
那些假想的海水
迟早要漫过不安全的脚背

出生地（组诗）

档案馆的梨花

我查"直隶澧州志"

疆域，城池，祀典，河流……

我漫无目的地翻过出生地的前世渊源

偌大一个澧州

县志的规模可比一整套《辞海》

其实我更想查的是

档案馆是哪一年从文庙东迁到文庙西的

当年的红砖房子里

进门是不是一间空荡荡的过道

三十四年前

这间过道里是不是躺过一个

赤身裸体的少年

他从水里爬起来，累了，不说话

躺在卸下来的门板上

那天下大雨，打雷，闪电
他让那间过道热闹了好一阵子
院子里的人全来了
不查档案的人都见证了一九八二年
六月的一个夏夜，一个少年的决然离去

以前的档案馆是没有院落的
一条路直直地通向河流
门前也不栽花树
只有冷冷的水杉
有一段时间我都绕着走
怕他追出来问我干什么去

好了
档案馆搬家了
院子里栽了不少花树
我执意认为那棵开着花的是梨树
生年不详
雪白的一身招惹我进去

勾起我想起他来

兰江桥到澧水

过了兰江桥就算是出城了
从十字街到解放路
往西去戏园、城关医院、张姨家的老屋
很少往东走
兰江桥
石头呈黄色，破损有花纹
桥下的河水是清是浊
冬天河床有没有露出来
我没有一点印象
只觉得到了兰江桥就到了终点
犹如一个人走到了北极

不能再往前了
往前就是撞南墙
再没有回旋的余地

再没有人肯陪伴我

去那荒野的郊外

去一个极限

没有人告诉我

兰江桥的前面还有一条孤独的河流叫澧水

过了澧水还有一个村庄

村庄连着村庄

如同大海连着大海

梨园

"咚锵——咚锵，咚锵——咚锵"

开锣了

我瞥见得意须生踱着方步

去会见当年的员外

我不喜欢粉面小生一夜之间长出须眉

那胡须将一捋便想出空城之计

再捋就忘了王宝钏

嫦娥有飞身之意

后羿纵生九翅也追不到

布景上的幻影

玉皇大帝在云端发话

黎民安居，山川无险恶

休要提当年恩仇

秦香莲手拉一双儿女

青衣戴枷锁

苏三离洪洞

驸马爷脱帽成了阶下囚

……

我看见戏园外

崔莺莺和反串老生的皇帝拉手

后羿并没有爱上嫦娥

他娶了一个拉胡琴的乐师

我看见当红花旦在市场低头选菜

花衬衫太短

露出青色的脊椎

我固执地把当年看戏的地方叫作梨园
梨园不是他们所说的美食街
它没有开满梨花
也没有呛人的烟火

十字街

"依呀呀——
当年打马离了十字街"
我幻想如戏里老生一般
把离开当作是痛快的事

这条街没有名字
左边是我的小学右边通向城中心
前面一条巷子是去人民医院的
指甲被压碎
母亲背着我一路狂奔过去
我被她的惊慌吓得忘记了疼
巷子口,"向阳"铺子是我精神的领地

五分钱可打半瓶酱油

我设法省下一分来

换一颗清凉的糖果

我向外面张望

头上有高高的天花板

白炽路灯照得人牙齿青脸上有

梦幻的阴影

我也有做梦的时候

梦见死亡如黑夜般来临

而我还没有做好准备

我向外张望

里面是我秘密的院子

有文庙、水杉、池塘、蝌蚪

发臭的鱼鳃

疯长的荒草

难以释怀的死

迷宫般的生

我向外张望

等一场雷雨过去

等风暴般的马车到来

华阳王

狮子

左边含笑右边开口

他抚弄一只石器时代的绣球

他有谪居的放荡

安生的通达

当年武陵设荣王，澧州华阳地 ①

接荆楚之交

含浮山，拥九澧

从悼隐、康简、悼康、恭顺

到安惠、庄靖、温懿……

221 年南方藩地

---

① 明朝，澧州曾为华阳王的藩地，时间长达 221 年。悼隐、康简、悼康、
恭顺等均为各代华阳王的谥号。

荆河戏听惯了忘了他乡口音

我记得那一对狮子
一半妆容一半害羞
头上是晴天的灰
嘴角有雨水洗过的深情
手臂断了姻缘
再也接不上南藩到京城
骄横的公主后庭的贵族
他只有娶一安乡小妇
把卷舌音抟直了舌头讲
把棉花当牡丹
把洪水视作蛟龙

他被葬于彭山嘉山武陵山
他捐狮子于孔圣大庙
代替他静态的笑
代替异乎寻常的完美

状元桥·月亮池①

那时，桥没有在水上

荒地间

石碑上书，"武官下马，文官下轿"

戏文里的马和轿是有流苏的棍子

我们上桥

不用流苏也无须谦让

男生抓女生的辫子

叫嚷着"投降——"

大人端着寡淡的早餐

馒头配稀饭

咸菜配豆腐

大个子妇女主任配清秀后生

池子与桥隔了百尺的距离

它让我们玩弄

① 月亮池即"泮池"，与状元桥都在澧州文庙内。

捞蝌蚪，抓鱼苗
水在手里挤压、变皱、消失
留下陈腐的腥味

池上有白鸟飞过
一夜间桥安插于半月形的池塘
明朝浮雕现出原形
乌鸦得道，落叶成仙

穿紫河笔记（组诗）

木瓜山

——致李白

在我的印象里

木瓜来自热带、亚热带的丛林

不知古书有记载

常德府城东七里有一座木瓜山

你贬谪夜郎时曾路过此地

于山上早见日出

暮见栖鸟

木瓜纵是如蜜

于你也是一颗酸楚的果实

你自宣城游潭阳

至剡中，入庐山

为永王所重

及至永王被败

你亡走彭泽

入浔阳

遭流放

漫游洞庭湖间

你途经一座莲池上的城

一条紫菱包围的河流 ①

花是紫色的

果实也是

芰菱成熟时

众人争相采之

你骤然起归隐东山之意

无意掐那菱角上的尖

你不知道的是

自那以后

木瓜山上建起了木瓜寺

香火旺盛

而那颗散发热带气息的果实则代替你

---

① "紫菱包围的河"名叫穿紫河，在湖南常德市。

遁走于他乡

春望

崀垅城 ① 没有野草

有的是漫天的荷叶荷花

蓖麻和风声都很整齐

瓦当和陶罐沉湎于泥土

我叫一声"先人"

大城浇菜的乡亲回过头来

我叫一声"哎"

小城的王投来仇恨的目光

我不敢赤脚

怕突然被一双热乎乎的手握住

他和我都是 O 型血

有着相似的浓眉和

微微上翘的嘴唇

我走在一片荷田里

---

① 崀垅城，即古索县城，汉顺帝时更名为汉寿，位于湖南常德。

犹如在一群故人的包围中

他们只有残肢、断臂

一缕青丝，半边肿胀的脸

他们比我要沉默、贤淑

也有不得志的幽怨

如一千多年前的那位司马

不知道他们可认得他

中原人，客居楚地十年

崆垅城的春天

满眼都是野草与荒祠

古墓与荆榛

那时我还未曾来到这个世界

不知道春天也会让人紧张

二十三年

二十三年

如果为一个人的青春

太奢侈了点

寒窗苦读只需十年

王宝钏在寒窑等薛平贵

她等了十八年

二十三年可以从花开到迟暮

可以结束一个生命，一束火焰

完成一次轮回

在烟花三月

在轻薄的扬州

刘郎终获召还令

他举杯致二十四桥的垂柳：

二十三年是一个人的巴山楚水

是朗州九年

连州、夔州、和州十四年的弃置时光

或许他不知道

这双写桃花的手

是与谪居的身子相连的

他以为凄凉地的光阴好似一个

冗长的梦

二十三是一个数字

而不是宿命

大报恩寺

——兼致髡残

报恩寺不在武陵

在金陵

它与一位画僧有关

与一位几经沉浮的礼部侍郎有关

顺治十二年乙未除夕

牧斋"禅榻伴僧眠"

他说的是你

他是长你三十岁的兄长

你是他聊以寄平生的知音

你少时自引刀剃发

以半庵居士为师

修行于武陵一山野

甲申避兵桃源深处

十年后买舟下南京

驻锡城南大报恩寺

遇虞山先生

投清又反清的虞山

六旬之龄迎娶柳如是的虞山

他于报恩寺燃灯绕塔

还是绕不开自己的塔

他抱着自己旋转

他抱住你

说救我

"救我于沧桑的乱世

救我于矛盾的山水"

洞庭湖的归舟

　　——致杜甫

草堂并非我们看到的

虽为草屋

四周却鲜花盛开

有溪水绕过

它不是归隐之所

没有采菊东篱的超然

乾元二年关内饥寒

你辗转至成都

结草为庐

经严武力荐谋得一闲职

后人称为杜工部

严武病死你失去依靠

出川、去夔出峡

三月至江陵

秋移居公安

冬晚，之岳州

你于洞庭湖上的漂泊

并非诗人必须的功课，行千里路

万卷书已读破

仍没有高中黄榜

到终于谋到小官拿到薄酬的那一天

幼子已饿死

你无意用现实主义的文字来论证

做诗人就得潦倒

就得悲愤

你的一生也并非一个诗人的

行为艺术

你只想吃饱饭

不饿死娇儿

湖雁都要北归了

人还在南行

洞庭湖上烟波渺渺

水鸟神鸦伴着船桨起舞

在农耕时代

做一只水鸟、野鸭、麋鹿的快乐

大于你的快乐

你卒于洞庭湖的一条归舟之上

岳阳平江

是你的客死之地

那一年我去平江拜谒你

天降大雨，路遇车祸终未成行

我无从知道你安睡于云梦泽

是否早已习惯这里的饮食与方言

洞庭湖神秘莫测

我无从知道

它是不是以这样的方式接纳了你

杨家牌坊[①]

杨家牌坊是街坊们的叫法

它如今叫新西街

那条街还有一个名字

叫骡马店

那是一条很窄的小街

宽不过十余米

邻居们隔街相向而居

隔着一棵香樟树

可以看到对面人家的晚餐

---

① 杨家牌坊，位于常德老西门。

沿街是旧宿舍、废厂房、粮油店

老字号荣福楼

有一棵大梧桐，几棵银杏

秋天的时候

银杏和梧桐叶子落下来

如一片片干净的肺叶

我以为它只是一个地名

一个没有理想的人

一个像骡子一样的人聊以安生的地方

不知道这里的确有过一座牌坊

有过一对父子

杨鹤、杨嗣昌

均为明朝重臣

父子先后中举

擅诗文

均于崇祯年间

因剿杀农民起义失败

父遭羁押死于狱中

子绝食而亡

不同的是

子被赐祭，归丧武陵，论功晋职

以死换来了一座牌坊

远胜于父亲

到死也脱不了那件罪臣的囚衣

诗文做得再好

也算不得求到功名

杨嗣昌

他也曾游花源，观汜洲

寻过临沅的芳草

拂过枉山的沙尘

曾有"城加三尺，桥修七里"的传说

若非生于乱世

若非不甘于布衣

他本可以居于西门小院

任草色轻潜

看月近帘栊

在这百米小街上像骡子一样

虚度一生

民主街

　　——致春申君

相传黄浦江曾为春申浦

因你姓黄氏名歇

更名为黄浦

你封地在江东

生于黔中

贵为相国二十余年

拥门客三千

终丧命于门客

首级抛于寿春一条河流中

时至清朝至民国

常德城仍有你的墓地

与开元寺、明荣王府址相邻

开元寺所在的街为春申坊

不是烟花柳巷

没有醒来的多情只有醉里的薄命
于你，常德是温柔之乡
接纳了你的到来与离开

我所知道的春申来自中学课本
后来演变成一座楼阁
从课本到楼阁
春申君还是那么远
我不知道的是
春申阁，离你的家很近
站在沅江之上
站在渐渐升高的楼宇之间
你仍然能够看到自己的故宅
黔中、临沅、朗州、武陵、鼎州
常德
江北城区，民主街
虽然它毗邻开元寺
有宦官咳血 ①

---

① 据载，唐朝宦官高力士卒于朗州开元寺。

有节度使驻兵

有明荣王圈入藩邸

仍然不能掩埋古亭边

历代知府将军加修的碑墓

残碣断片已足以说明

你来过

有过呼吸

错识过爱恨

轻断了生死

旋转（组诗）
——兼致西施

西施女生长在苎萝村里

"西施女生长在苎萝村里……"

起音很高
"西"字须舌尖从牙齿间弹出
仿佛有难以启齿的事
"难得有开怀事常锁双眉
……怕只怕损玉颜青春易去"
西皮，慢板
唱到"双眉"的时候
拖腔几折几回
让我突然明白
在苎萝村里
她是有所期待的

她等待一个打马的人经过
将她带离这个清寒的村子
每日里浣纱的重复时光
改变她将如花的身体
交付一个村夫的命运
生养一堆孩子
青春只是刹那间的临水照花
恍惚一下
似乎她从未来过越国，诸暨
从未见过这些明亮的山水
从未随水逐流
流过这寡淡的人世

离却了会稽城登程东进

当那个打马的客官鞭子一甩
回头向她的时候
她看到了命运的鞭子

此生再无奇迹

若还不抓住

让它将自己抽打

此生再无飞行的机会

是飞行吗?

从苎萝村到会稽城

她看到照见自己的不只是无声的山水

还有如潮的目光

即便吴城是座囚笼

她也愿意,在绍兴的上空飞一会儿

领受膜拜与惊叹

不负这过于姣好的面容

不负这玄幻的命运

长天无云冰轮上

一边在遥望家山

一边在曼舞筵前

在清寒的山水与恩宠之间
她不知孰轻孰重
她喜欢响屧舞，让木屧敲打大缸
如敲打神秘的阴间
她不知道这样旋转下去
会有怎样的结果
旋转，旋转
旋转是她的命运

"长天无云冰轮上
十二栏杆接晚凉"
旋转是那一轮满月
它在倾斜，它在坠落

月照宫门第几层

响屧廊、馆娃宫
姑苏台
朝歌暮舞

吴宫的一夜可当苎萝的一生
若只是一个蒙恩宠的妃子
她不必那么多愁
不必把枕边人当仇人
不必在打开的同时又关上自己

不必把深宫当牢笼
不必苦等虚有的返程车票

残山剩水只伤情

学京剧的人很多
"对清溪时照影自整罗衣"
"朝歌暮舞似梦境
残山剩水只伤情"
慢板、摇板
歌者不知道两段唱词之间
隔了二十年
二十年瘦山瘦水

二十年栏杆凭尽

他们不知道自己在唱一个

动荡的命运

旋转的命运

山河碎，宫墙深

而她依然停不下来

吴越之间

一个是梦幻的后宫

一个是虚无的山水

她不知道会在哪里坠落

五湖烟水任逍遥

戏文的结尾大致是

公主遇上得意的驸马

失散的夫妻得以团圆

苦青衣冤案昭雪

负心郎铡刀相见

后台锣鼓齐鸣

新人一身红装拜谢

揪心的观众

戏文里是她与范蠡退隐五湖

在无锡

我见过三月的蠡湖

想象过这一对才子佳人

在多雨的江南该是怎样的郎情妾意

而史料上并没有

越国攻陷吴城后

她就从史书上消失了

沉湖或退隐

自尽或被杀

她，西施，小字夷光

对于越国已没有意义

对于历史已没有意义

她还在人间旋转

因她的美

像秘密一样让人晕眩

第二辑

短诗精选

小团圆

小镇上

有人放虎归山

有人千里寻母

有人将磕头的石阶当作洗手的金盆

有人长歌当哭

白日里小镇车水马龙

一千个人有一万个心愿

黄昏时燥热散去

冷汗与孤独乘虚而入

它们像潮水般涌上我的头顶

恰如海岛升明月

冰轮初转腾

夜行青海湖

妈妈，我途中遇雨

青海湖的夜风也吹不走一个名字

这里的油菜比人矮，只略高于泥土

不似江南的随风摇摆郎情妾意

妈妈，我收到你的信时正在青海湖的入口

大风吹走我的七岁鬈年和二八碧玉

你托疯长的菩提赠我一缕衰败的青丝

你年华未老，而我已远走他乡

青海湖向北月黑风高

左手为丝绸的湖泊右手是芨芨草的故乡

一个忧郁的后生挨了牧羊女的长鞭

他和我一样习惯远行

去一个遥远的天边

寻找菩提的心脏

西部和北方都有一股莫名的大风

他们带走了风筝白色的脐带

我一去六年不返

姑娘嫁给陌生人

有了幽怨的眼神和一首心碎的情歌

我徒有歌王的虚名和大师的冠帽

众人膜拜的只是一个负心的浪子

这么多年

你的子宫已不再接受欢爱的果实

只研习白旃檀的心经

树高大一天也只长一片叶子

你一天垒一块土坯

一夜修一个花儿般的来世

十五年垒成纯白的佛塔和金顶的寺院

妈妈，今晚我宿在西海镇

马鞭草开出金露梅

青海骢蹬着初生的蹄子

牛羊像野花般撒满牧场

已过十二点我还在夜风里奔驰

花姐姐开始讲烈性的情话

她的心里捂着一团迟来的火焰

我的到来如同那个眼神直勾勾的少年

那时，你年华未老，我情窦初开

与君书

舟是楠木的舟

水是三江的水

我一步一朵青莲

踩石阶，踏浮桥

过江陵的黄昏荆州的城堡

时间还有的是

还有潮湿的锦被斑点的长衫

我被一层一层水汽蒙蔽

屋子是青色的汉瓦马头的封火墙

仿如你在空中高悬

你在我的意料之外

我囚于楚河汉界之中

这不是家乡亦不是他乡

一条河流哪能如此善变

敢在江东拍岸

又在烟花三月之时蜿蜒入扬州

将军我记起你来仍是前朝的样子

长剑佩在腰间

铁盔立于头顶

铠甲穿心

斗篷齐地横扫半个东吴

你是我的周郎、将军、大官人

你是铁做的战袍兰质的心

赤壁多险恶

乱石嶙峋踩空一个错失一次良机

杂草丛生挥刀速斩可能酿成大祸

周郎你眉间英武

不懂江南的宛转阴柔

你看这小轩窗外的长江

它有枯有涨

有开阔的江面也有回旋的曲水

此去一千里水路

两岸是荒凉的青山子夜的壁画

你朝饮草露夕食晚风的微凉

银杏树叶在雾锁的黄昏落下

它从荆楚飘到东吴

从战地烟云到金陵杨柳

在荷塘

一万亩柳叶湖
是洞庭遗漏的一滴墨水
形同一片柳叶的湖水
我有时在它的叶梢
有时在它最宽阔的部分
吃饭、喝酒
采摘莲蓬、莲花
看风吹着荷叶向远处荡去
风吹的时候
我跟着它们倾下身子
仿佛也跟着去了远方

秋天

秋天适宜睡觉

适宜醉生梦死

适宜怀念一个刚刚远去的人

栾树开出小黄花

花开在末端

有重生也有沉醉

瓜果灿烂

冬瓜探出粉白的头

辣椒捂紧小心脏

葫芦、丝瓜、苦瓜有青色的肌肤

溪水从门前流过

有高山的寒也有地底的温润

一切都刚刚好啊

风送来白露之气

夜晚逍遥

没有神秘的来者

逝去的人浩荡地走在归途

秋日即景

野芹有微香

蒲公英可以炒菜、入药

秋天开黄色的花

紫薇已近衰败

仙人掌长着不合时宜的芒刺

这秋日的野外

没有一片叶子是尖锐的

没有一滴水

可以晶莹到心疼

我们说着温润的闲话

偶尔在桨声中睡去

偶尔想起故人

他们深藏于浩瀚的水底

那么遥远

那么渺茫

春日往事

春日里和母亲聊起往事

我们常去拜年的那些人家

都一个个消失了

有的病逝

有的死于非命

都没有熬过古稀之年

那些春日里的宴席也消失了

那些美味、炉火

整洁的屋子、水仙花消失了

春日里不再有殷勤的主人

没有人家可去

如今只剩下母亲一人

依然张罗着一桌春饭

桌上列着亡人们的酒杯

饭碗上搁着筷子

她招呼他们吃饭
像以前的春天
像更早以前他们的春天

月光是一床清醒的棉被

我无意瞥见月光

日光下

樱花们开了

桃花、玉兰花开了

它们只在日光下开

而月光下

只有阴影，和十二点的一个人

车子如流水般的急

那些抵抗的、虚无的美

都在阴影里

那些房子，房子里的

争吵、沉默

都在阴影里

所有的繁华都熄灭了

所有的忍耐、挣扎与绝望

只有月光看得见

月光是照给失意人的
月光是一床清醒的棉被
盖在他们身上

梨花谣

雨过初晴

背风处很暖

喇嘛们坐在地上看书

香客在转塔

他们都穿着红色的衣服

寺庙的墙也是红的

衬托出舍利塔的白

梨花的白

梨花只有一树

在显通寺

梨花轻易不开

要开就要开得孤独

黑暗是一下子涌上来的

傍晚时我在湖边

湖水漫延

往事也漫延

湖水从未走近

就如疾病从未离开

对岸亮起灯光

如高空中的萤火虫

可望而不可即

黑暗是一下子涌上来的

悲伤也是

让人猝不及防

秋色如豹

田野有稻禾之香
我只能远远地看着
从窗口拍下他们金黄的身子
这一群金色的豹
躬身潜伏在低处
风吹起他们的花纹
一丛一丛惬意地摇晃

这秋色如豹
斑斓而危险
我不能走近他
我只能伤感地看着

伤害

除了父亲我还有什么
只有一副小心翼翼的身体
害怕
怕灰尘、怕声音
怕动物甚至米粒大的虫子
怕撞墙
怕一切坚硬的软弱的屏障
怕走路
井盖太多
怕人群
怕他们看见我的存在

只有回到自己的房间才是安全的
只有回到那天的月色中
阳台上只有我一人
月亮那么高

不会伤害我

只有回到父亲的思念中才是安全的
他永远那么柔弱
叹气都是轻轻的
伤害不到比它更微小的事物

东山顶上

东山上有云雾

我有一颗沉湎之心

那天的茶有微微的青涩

如不肯舍弃的我

夜里的茶园向悬崖延伸

仿佛一生没有尽头

那天草丛有青蛇

暗处有锋刃

黑夜如此神秘

笼罩了匍匐的万物

躬身于此的人

有擦肩而过的来路

也有茫茫无边的归途

黄昏的江堤

初愈时的江堤

如同初愈后的我

江水不是秋天看到的那样紧张

它青灰色，流动迟缓

一只运沙船驶过它腹部上的褶皱

紫云英顺水而生

油菜花有迟暮之美

人们在屋前淘米洗菜

收下潮湿的衣衫

我从江堤走过

大风轻袭

黄昏如瓷器

疑是故人到来

有香气的上午

又闻到橘子花香

橘花开在五岁

有病态的美

一个跛脚的男孩

一个脸色苍白的姑娘

他们在橘园等我

他们拄着拐棍

捂着苍白的心脏

他们脸上有着高贵的孤独

他们接受每一个

有香气的上午

橘子花还在开着

蜜蜂们忙着他们的生计

天地灰蒙

每一件事物都在低调地呼吸

都在暗中爱着
这迷宫般的生死

溪山尽

花木隐，小桥近

你在山中观雨

我在隔岸看画

溪山无尽

树枝、山石、落叶都是十年前的影子

有新腐也有旧伤

小径婉转

绕来绕去也绕不回原点

凉亭无茶水

只有陌生人

溪边没有幻影

只有绿色的水藻，紫色的浮萍

你仍在山中采蕨菜、尝新笋

布置一个人的宴席

柔软的事物一个个远去

不在时间之外

就在画轴之外

九月

九月送走父亲
满城栾树花开
米粒般的花和灯笼样的果实
是告别也是初见

九月是葡萄季
汁液甘甜有如旧梦重温
九月有沉疴
江堤下没有草原和蓝色的花朵

九月缓慢
恰如病去抽丝
九月有鱼塘和苍山
一边是诱惑一边是生活

四月重叠

光阴是一面镜子

照出旧时的春天

紫云英散布在南岸河堤

不是九月的那些

不是大病时的那些

初愈以后

我尚有陌上开花之心

旋转的核桃和石榴树

只在九月出现

九月是一个生病的词汇

而四月不是

四月是重叠

是很多个春天叠在一起

就如桃花李花梨花杏花叠在一起

就如很多悲欢叠在一起

很多个回不去的日子
像疾病一样折磨你

油菜花是一种比喻

油菜花是一种比喻
穷途末路的油菜花开在四月
这多像我和你
找不到归途

油菜花高过了人头
它以低垂之姿向万物妥协
村口的大槐树、行进中的山水
对岸的农户门前
远远观望的一朵桃花
它们都在自己
母亲的子宫里
缓慢而安稳

油菜花是一种比喻
说谢就要谢了

槐树、桃花、流水

都是缥缈的事

我们在春天里没有归途

丽人行

昨日霜降
露水重，草木黄
而银杏仍不肯衰老
白果却舍身坠落
樟树间的路灯倦怠如满月
枝叶交错，是浓妆下的眼影

不去想十月的那些雨天
如今秋阳如丽人
神偶尔造访你
偶尔悬念般
给你投下一束光

犹记那日春和景明

犹记那日春和景明
一池湖水是我借以浇愁的酒
呕吐与哭泣是解酒的药
那时我尚有年轻的身体
恨别离
以为圆满即欢喜
那时莲花未开缘分未尽
色与空只在一念之间
那时青杏尚小梅园紧闭
一树梨花愈是繁盛
愈觉孤单

雨水东流去

雨水东流去

从立夏到小暑

从未停歇

每个人心里都有一个梅雨天

下得昏天黑地

要么暗淡，要么疯狂

细小的事物停止了呜咽

江湖都交给陌生人

黑夜没有恐惧

雨是小满的针尖

扎向耳朵和大地

洪峰过境的村庄在针尖上走

无数个生命在针尖上走

沉默的，短暂的，苍老的

相爱的，挣扎的，虚无的……生命
在针尖上走

这几日的天空

这几日的天空不像是真的
云朵在头顶上流动
照应着某个动荡的灵魂
天空蓝得没有秘密
一枝三角梅对着天空怒放

我想省略那些恍惚的日子
身体里敏感的琴弦
再省略打马看花的瞬间
省略——经过的风景
省略不真实的天空
云朵般撕扯的爱
省略掉声音
万物寂静地生长
没有触碰也没有回答

一条河流就要奔向远方

一条河流就要奔向远方

它静止如镜面

也许是重圆后的镜面

落日在前，渔船在后

下坠或升腾，都是喜悦的

此刻我的城市开阔如天地

圆润且温和

没有凸起与下陷的部分

没有房屋、庙宇和殿堂

那一刻我们都放下了曾经

放不下的那些

每个落日下的剪影都安若处子

大戏似乎刚刚开始

高潮还在剧本深处

远未到来……

十月遇见

十月有很多遇见

比如山谷里的红枫

遇水则化的爱情

比如那年的重逢如初见

草树上停白鹭

溪水里照见旧容

陌生的风吹来又吹去

我年轻过

又急速衰老

疼痛像一颗钉子

骨头间暗生罅隙

那时我贪念太多

看重生死与功名

阳山上的芭茅苇年年都萧瑟

而静止

与落日对峙

我无法与它对峙

就如一个轻薄的我

如何面对，一个残缺的我

想起一些村子

想起七八年前

我到过的一些村子

小营门 42 号

泥巴糊的墙、稻草盖的顶

牵牛花围住的晌午

推窗即见红衣绿袄的楼阁

芭茅丛里青蛇也惹相思

沙洲上水草寂寥

橘子柚子在山坡流浪

断肠人在唠叨他的往事

空墓中有败走的将军

我去过的村子在拐弯处消失

水中的城池硬伤翻涌

果子在高处旋转

——这躲闪不及的命运

阳台上的大海

一个少年对着大海

聊起他的足球梦

声音时断时续

听着的人一直沉默

只有风声是呼啸的

像一堆张扬的火焰

从阳台烧到广场，到海边

广场上的人很少

小镇寂静

没有戴遮阳帽的游客穿梭

人们在房前晒鱼、织网、看孩子

守着落满灰尘的小店

远处

一只船在海鸥的簇拥下疾驰

消失

音信全无

谷雨时节

清明断雪

谷雨断霜

鸿雁断翅

浮萍断了沉湎的念头

一个人断掉胸中

荒芜的寺院

断掉那年的一朵黄花

樟树舒展

河水虚幻

次生林断了水中倒影

那面深不可测、旋转的镜子

就要挣脱我

就要挣脱……

那些年

她们曾经跟随我走过

绿岛、同雨桥、天后宫

挂着酒旗的侗寨

烟雨中的祠堂

那些年油菜花、白菜花、桃树、油桐

都是寻常所见

选一个日子

清明，或是谷雨出发

也是自然的事

那些年我们还有些少年的模样

喜欢争执、红脸

好奇之后又入乡随俗

敬畏神灵、百兽

异乡人的先祖

那些年她们一无所知

跟随我寻找支流和陌生人

那些年春水还很忐忑
忘掉一个人
与追溯一条河流的源头
同样不易

女人

风大

女人们在原野上奔跑

采摘野葱、鱼腥草、水芹菜

蒲公英、车前草……

她们被赋予神一样的名字

一个人拥有一条河流

她们穿着宽大的灰布裙子

每一条裙子里深藏了一个婴儿

正如每一个子宫里

安卧着一个秘密

她们不是你看到的那样

风大

女人们在奔跑

或许风更大的时候

她们会消失

隐循于荒野

山中谣

黄昏时起风了

凉意裹身

寺院开始关门

小贩缩起脖子

收起香烛与莲花

香客们四散开来

走向今晚的宿地

河床走向大海

山峦归入白塔

没有什么能够隐藏

也没有什么可以说出

众生闭上了嘴

沉入汹涌的夜里

桃花院落

白露这天
无白露也无白霜
栾花飘得越来越像细雨
这个季节雨少阳光也稀薄
风也吹得没有脾气

父亲一去已是三年
此时不知走到了何处
阳间有鱼有水
犹如夜里有束渺茫的光

我们都若无其事地活着
犹如桃花吹来
果子簌簌而下
活着与死去的人们——安好
互致幸福

夏日午后

万物皆有罪

我只保留美的那一部分

猫咪伏在白石上

长裙善舞

瓷杯空无

我一家一家地走过

午后的店铺

桥边水母绽放

三角梅不如海边

只有独立的几朵

青桃迟暮，皂荚惊心

小小书生拱手吟唱牡丹亭

午后的骡马巷形同一片废墟

孔雀仙子飞回了南方

大门紧锁

尘埃落定

树下的老者

宛如我死去的父亲

杨梅宝贝

节日前的落日像未成熟的杨梅果

砸得满地都是

白色的汁液流出来

像一个伤心之人呕出的血

我无意悲哀那些

空阔的悲哀

我只关心从树上落下来

还没有毁掉的果子

像极了旷日持久

仍不肯撤退的爱情

因为它们的小

我把所有细小而受到伤害的果子

都唤作宝贝

赞美

记得赞美黄昏

一天中的高光时刻

楼房如辉煌的寺院

每一个修行的窗口都闪着

鳞片的光芒

记得赞美夜晚

昨夜又谈起了父亲

越来越柔软的母亲坐在我身旁

风从青芦苇丛中刮过

芦苇的锋刃刮过我

记得赞美湖水

在夜里，它是无边无际的

我们说过的话

近的，远的……

都被它一一吞没

八月在宇

八月没有尖叫

没有蝉鸣和送别

猛虎在家中独坐

饮淡绿的茶和褐色的药汤

八月蟋蟀入檐下

檐下无雀巢与蛛丝

立秋至

白露生

白露无恙

是草木病了

荷叶在远处

久不能圆满

亡人在远处

就要归来

栀子花的午后

这些花朵的香味像旗帜

在风里招展

屋子里的植物

绿萝的手伸开了

朝够得着阳光的方向

从枝头掐下来的栀子无路可去

但它的香味在说话

这个没有悬念的午后

它无处不在

像从海底滋生的春潮

漫过了我

垂落之姿

万物都在垂落

银杏、红枫……

果子凋零

杉树俯身

有的时候

我把银杏叶卷起来

扎成一束玫瑰

有时把它们抛向天空

如同将一件件受伤的礼物

还给上帝

春潮涌起

树林荡漾

女人们在寻找源头

大地

这母性的土壤开始变软

一个寒夜过去

丛林里响起歌声

这高亢的歌声

像是将士归来

一个人与自己的战争

暂告和解

春风暖

春风里适宜半睡半醒

看半开的花

酒喝至微醉

向黄土垄上

绿了一半的青苔叩首

春风里

父亲已拂袖去了远方

这次的告别

比任何一次都平静

母亲越来越慈祥

云淡风轻的

如神仙一般

春风里适宜宽恕

宽恕那年的桃花、山峰、寺院

还有江风与春水

宽恕船

宽恕它剧烈的颤抖

大亚湾的风

此刻，大亚湾的风很大

出海的人向东飘去

海鸥伸出颀长的腿

想探知海水的温度

此刻风很大

海水清冷

没有沙滩和落日下的剪影

不能下海、拾贝

在柔软的沙滩上写下

海枯石烂的句子

我将风、海水、旧帆船一一拍下给你

如同将静止的波澜

和妥协的生活一一公示

点绛唇

冬天得有个冬天的样子

梅在两百公里之外

被子暖好了

萝卜炖肉咕咕地冒着热气

这一年我们物质太多

忘了饮白露

看小满

让十年前的溪水一遍一遍拍打

藏着娃娃鱼的岸边

那年的春风已成了秋水

毛竹还是一样的薄情与苍翠

指缝间不沾流水

宁愿怀拥没有姓氏的婴儿

也不肯回首出土时的伤

每一次断裂都扎心

雪落长沙

梅在两百公里之外

吐着猩红的芯子

没有人逼你到绝境

秋天了

万物都在下坠

孩子校园的秋天里

坠下的是银杏

我的秋天里

坠下的是橘子

它们都是坦荡的黄

增一分嫌多

减一分太少

没有谁逼他们到绝境

是他们自己愿意的

把积攒了整个春夏的火焰

重重摔下

青山隐

青山隐于市井
隐于灯
隐于流水线
青山是埋于胸口的一口血
是多年前省略的眼泪
青山在对面
是一个人看书的姿势
是接近不了的怀抱
是过不去的坎

我望青山时
青山亦在望我
我看日落时
青山去了何方

武陵春

二月有喜

有鸢尾、兰草、山茶

南方有蜡梅，北有蒹葭

草本海棠尚小

没有弱冠的气度

石头缝里生闲草

不是我的叹息也不是过眼的烟云

我下马，疾行

摁住十年的流水

楼台在上

蹬一级就离明月近一步

青天近在咫尺

每一瞬从前都是你我的天涯

我们小心翼翼

不说出武陵也有春天

有紫色的湖水和留白的沅江

岸边的荒草和航船

有倒茶时颤抖的五指

它们多么灵巧

替我说出春天

这微妙的春天

想起我的晚年

想起那个公园般的城市
城市里分布着大大小小的公园
每个公园里都有大海
想起出售航海装备的零售商店
那些破败而高贵的老别墅
只有黄昏才出现的伯爵和夫人
想起夜幕下的海滨依然车来车往
想起我曾——记录的细节

那个海风摇曳的城
我曾质疑过它
一小片陆地如何与大海保持平衡
如同大面积的奔流与一小片的固守
想起我的晚年
也会在这里漂泊
如同海水上的白色泡沫

想起我的晚年可以如此挥霍

没有束缚

也没有尽头

婴儿

女孩们纷纷坠入春天

生下沉默的婴儿

一个又一个

像雨后春笋一样多

清明前后

幼竹已冒出头

稀疏的胎发

像很久以前

你我对这个世界的疑问

那么柔软

而执拗

不肯放弃

也从来没有回答

如今

我们已默认了那些疑问的存在

如同接受突如其来的悲喜、境遇

接受每一个暗藏玄机的早晨

母亲的牡丹

冬日午后

阳光晒了进来

海棠开得甚好

君子兰像满胀着乳汁的奶娘

还有一棵我不认识

叶子肥大而油绿

这是母亲家的植物

的确像她亲手所种

正如她亲生的三名女将

丰满、急躁，且坚强

我突然柔软起来

想起三十多年前

几颗黑豆样的牡丹花种在她的侍弄下

变成一盆、数盆

乃至一大片深红浅粉的牡丹

我们多么奢侈

在肚子里清汤寡水的年代

每天一睁眼就可以看到

仪态雍容的牡丹

在母亲呵护下

醉酒，曼舞，伤春

偶尔轻叹一句

"海岛冰轮初转腾……"

在成熟稠密的五月

五月里人们走向远方

芭蕉熟了

大海变成靛青色

桑葚压低了头

流下紫色的乳汁

阳光甚好

孩子们在拔节

当年的我们在树下饮酒

夜色来临的时候

很多事物在消失

金叶槐、三角梅、杜仲、藿香……

很多个五月在消失

高山之湖如仙境一般

要留下转瞬即逝的你我

我们像怀揣着秘密的人

我们仿佛还在受孕的年纪……

七月十五

昨夜从医院出来

看见一轮皓月

在天上

秋风起了

杨梅、桃子用尽最后的力气

开始退场

立秋后

很多事物在撤退

风像一个尖叫的哨子

在催着他们下课

纸、烛、香在暗处燃烧

地上蹲着的人

在祈祷明天

我相信死去的人一定在另一个空间里活着

也在思念他的故人

而秋风不管这些
他的哨声中
日子，又短了几分
尘世也干净了几分
而我对你的火焰
也安静了几分

壬寅年初，被冰雪照耀

辛丑年的最后一天

父亲的坟头长满了雪

被雪覆盖的还有松枝、黑瓦、菜园

杉树林、小沟和只剩稻茬的田野

我们燃烧香蜡冥币

叮嘱他一路跟我们回家

在除夕，山村显得更加的旧

新生的秘密都隐藏在地下

壬寅年正月初七又下雪了

这是春雪

小院里风正刮着

竹子在滴水

鹿在鸣叫

柿子在燃烧

写字桌上一支蜡烛就要燃尽

这是不是父亲

还跟随我留恋在这红衣绿袄的人间

而人间已没有什么能够给他

除了让一袭冰雪

远远地照耀

夜行记

倾斜的

不只是大海、堤坝

还有这渐深的夜色

车子摇摇晃晃

像要驶入睡眠

我也像大海一样沉默

每走一步

就离光亮近了一步

然而我希望黑暗永不要散去

我们永远在黑暗中行进

没有约束

也没有终点

春天多么不易

那些用身体换取蔬菜的人

注定要在春天里老去

那些在身体里种植青草的人

注定要在春天里走远

春天多么不易

火葬场的门开了一次又一次

有人哭

有人沉默

一种沉默送走另一种沉默

而菜肴依旧色彩斑斓

红烧肉、刁子鱼、排骨汤

金黄的米糕、紫色的菜薹

他们轮回着请客、喝酒，把酒言诗

轮回着飞翔

春天多么不易

春天送走一个又一个

暗恋它的人

春天多么奢侈

爱而不得

恨也不得

欢乐颂

那天在紫云英花田

有人携蜜而来

有人抚摸小黄花的头颅

有人掐住紫云英的腰肢

我们这些泥土捏合的小人

多么热爱天空下的一切

包括它多变的脾气

阴雨中的病毒、被锁紧的窗子

年轻人唱他们的欢乐颂

我们饮茶、喝酒

行船

走春天走过的路

捡春天落下的碎片

埋葬春天丢弃的人

江山如初见

风从容地吹着

低处稻浪翻滚

渡槽很高，一口气爬上来

有点喘，有点脸红

渡槽还是五十多年前的样子

年轻且稳重

墙角有些墨绿色的苔藓

是一群墨绿的小生命

我善感、畏寒

紧了紧大衣

对着坡下那个小院树上的橘子

垂涎欲滴

这红与绿的搭配

是多么善解人意

此时的江山如同初见

是多么善解人意

紫云英花田

我们装着从未经历过什么

她七个月丧母

由奶奶养大

懂事时父亲娶回了继母

继母对她怎么样

我没问

另一个她十五岁时母亲猝然离世

长姐如母

她成了两个弟弟的母亲

我说

父母双全的人

和失去一位双亲的人

无论他多大

都是有区别的

我们仨平静地度过了前半生

正赶往后半生的路上

对于即将要看到的紫云英花田

我们都很期待

好像刚刚来到这个世间

蔷薇开花

蔷薇开花
一开一座城
从困守到自由
从阴间到阳间

母亲总害怕死去
害怕一个人孤独地走
连搀扶的人都找不到
父亲常常回来
在某个寂静的夜里
重回他的壮年时光
姐姐也会从远方赶来
分享她的遇见
像大学放假的那时候
之后我们登上同一辆车
父亲最先告别

消失在黑暗中

之后亲人们陆续下车

而我

会在他们的告别中突然醒来

一天天地

我与我的亲人分散在

魔方世界的各个角落

我仍然停留在这里

白天在有序的生活中随波逐流

夜晚在无边的黑暗里

与亲人们相见

我们

我们交换着身体

交换着千疮百孔的秘密

人过到半百

总有一些经历无法启齿

我们有着暗淡的少年

穿过有补丁的裤子

有过羞耻的初潮

我们有着同样暗淡的青春

一败涂地的初恋

还有着糟糕的待业时光

见过陪酒女郎和小老板

我们糊里糊涂地活着

镜子里的我

不知何时堆砌了你的赘肉

身体的部件相互咬合、又分裂

如同我们之间既对抗

又惺惺相惜

这么多年

我们分开时了无牵挂

相遇时如桃花潭水

我们可以做情敌

也可以做一对姐妹

而生活

是我们中间

那个欲罢不能的男人

羊

我们被疾病驱赶
像一群被鞭子驱赶的羊
猎人就在圈外
没有谁能逃得过风雪
我们渐渐靠近
互相倾诉
互相整理头顶的毛发
我们像人一样坐下来
在小炉前暖着手
抱怨这夏日里的坏天气

没有谁能躲得过
追赶、厮杀
一个部落灭掉另一个部落
我们在草原上奔来奔去
预谋已久的疾病

像定时的鞭子

无论落在谁的身上
都是我们集体的命

最惬意的时刻

一年过完了

没有悬念的一年

仍然为着衣食忙碌

每一天紧张而尖锐

需要飞驰，排除杂念和瞌睡

每一天都在舞蹈

踮起脚尖

看见山峰与大海

偶尔会过江

从江的底部穿过

像风穿过风琴

植物拍打着百叶窗

这是一年中最惬意的时刻

花瓣雨

在梦里我唱起了《凤还巢》
说的是流水有意落花多情
醒来只有一盆孤独的兰草
删去了很多叶子仍然清冷地活着
四周是蒙尘的家具
落难的杯盏

一个春天说来就来了
伴随着花开与流浪
少年还没有识愁
春水却已经年迈

那个黄昏

那个黄昏特别长

我穿过飘着芦苇的甘溪路

经过职业学院的门口

那些孩子和栾树都很年轻

黄昏也很年轻

我路过我们相遇的小区

门口照样有卖馄饨、米粉的女人

小学生吹着哨子

走在回家路上

这是个寻常的黄昏

只是因为我想起了你

变得像河流一样的缓慢

全家福

如今

这张照片上只剩下我们四个

妈妈已是九十岁高龄

姐妹仨都进入了人生的秋天

这些天来发生了许多事

姐姐变得清瘦

像是吐掉了中年的负荷

回到她的少年时代

自父亲走后

潮水也光顾了我们这个内地小城

起起落落

我们都已尝过

如今

金子般的夕阳洒上了树梢

我们已羞于再提当年之勇

只感叹于今天的天空与晚霞

落日像一枚打碎的鸡蛋
流淌着
自由的汁液

小团圆时光

绣球花开得孤独

月季枝枝蔓蔓

竹子在高处捂住陡峭的心脏

铜钱草蜿蜒在水边

前厅门可罗雀

后院花团锦簇

如后宫三千

椅子空着

烟灰缸空着

时光空自蹉跎

一晃白衣翩翩

再晃已是半百残年

"小团圆"是一个角落

一间叫"两见欢"的屋子

是门前石子路，能踩出雨水
是要跨过门槛才能见到的伊人
是要一心一意等待
才能修成的正果

春日途中

跛着一只脚

跛着一根筋的智慧

万物都在倾斜

饺子店的门抬高了三尺

婴儿在坡上眯着眼

歪头打量渐渐坍塌的街区

咖啡馆有滚烫的午茶

汤勺"当"的一声

滑下理想的深渊

我有些累了

右脚这重修旧好的瓷器

在香气四溢的春日里猜忌、较劲

背道而驰

我想拉它们回来

坐在废品站门口晒晒太阳

连同恩爱已久的被褥

废铁丝、瓦罐

一摊慢慢收缩的污水

它们都还活着

活在已废弃的日子里

阳光多么仁慈

公平地分散着旧礼物

春色配

茶色竹笼配红色暗瓦

黄眉鸟配空枝与食钵

残牙配发胖的左脸

脚有错失前蹄的尴尬

配一场莫名怒火

熄灭之后尚有余灰

春天了

睡去的人再不肯回来

生日配忌日

身份证上日月配年辰

一串没有关联的数字决定了

他在这个世上的宿命

冬眠配惊蛰

可我不能按节气康复

节气应验在古代

鲁莽是近些年的事

也没有去看残花
旧年剩下的
也许还有几朵在池塘
流水引配醉花阴
新不能配旧
正如苍老的那一部分
不是因时光过于肿胀

我不能配你
一颗决绝的智齿就要拔剑出鞘
我因你而孤独
因这一副衰败的身体
总不能琴瑟和鸣

埋葬

并不只有雨水能埋葬一个人

油菜可以，桃花可以

垄上的青竹也可以

我到来的时候已经迟了

稻子沤烂到泥土里

梨花捂住苍白的身子

火苗无处躲藏

舔了舔夜色

上弦月如一枚胆怯的逗号

满月尚早

一切如春天般紧张

一切如初生般绝望

暮霭

傍晚的时候

窗子边升起水汽

像一些故人趴在窗边看你

像这一生已经过了很久

曾经的爱恨都烧成灰烬

这些灰尘多么柔软

它们变成水汽扑面而来

像街边的樱花、院子里的桃花

沟渠边的落花

它们全都那么柔软

像一些爱与恨，又卷土重来

麦浪

麦浪里只有青草

只有没有种子的爱情

没有归期的疾病

只有一条不会说话的河流

长六公里

我们在河道上颠簸

把两岸的人家、樟树、桃树全都翻过来看

风声也是嘶哑的

它也有失缺的子嗣

不能重逢的爱人

河道像一个灰白的天堂

有风和倒过来的人间

我们在哑河上走

在麦浪里走

像孩子似的，兴奋而茫然

如同世界尚未打开

死去的人正奔往重生的路上

杨家将

我对杨家将的认识来自于戏文

佘太君百岁挂帅

十二寡妇征西

烧火的丫头杨排风

一根烧火棒当金枪

四郎探母，走的是西皮流水

杨延昭娶妻柴郡主

五郎看破三春皈依佛门

宗宝比武招亲

穆桂英大破天门阵

我不知道麟州

只记得辽国都城幽州

金沙滩一战四郎被俘委身辽国公主

十五年后吐真言盗取令箭

戏文里杨家住在天波府

东京城里清明时节牡丹盛开

哪堪西去塞外，边关羌管

将军未老头先白

我不知道麟州

不知道这座始建于唐朝的城

在秦晋与蒙古的边缘

秦汉设郡

三国西晋为羌胡占有

东晋南北朝被割据

唐开元十二年始置麟州

四百年后衰落于金

故城被西夏占领，沦为废墟

我不知道的还有

杨宏信为麟州刺史

其子杨继业战死于陈家谷

杨延昭并非六郎

生子杨文广

没有杨宗保与穆桂英刀下生情

也没有杨门女将当先锋

杨家的女辈仍守在院中

剪纸、绣花、思念征战的男人

头上没有翎子，身上没有大靠

不能提刀骑马

不能小脚急走碎步

蜿蜒一下就到了幽州

我看不到他们的生离死别

戏文里的死

都是在幕后完成的

穿红色囚衣的要犯问斩的时候

戴着纸枷推上台前亮一个相

他的生命就结束了

没有断头没有血腥

没有一百零三支乱箭的扎入

"痛"是靠演员唱出来的

"痛"非一日之功

需冬练三九夏练三伏

他们一举手一投足

一个曼妙的转身

一声"苦——哇——"的道白

都可以让台下的我泪水滂沱

而真正的死我也是看不到的

"杨继业于陈家谷苦等援兵不见

再率部下力战

虽身受重伤仍手刃敌军数十人

终筋疲力尽被辽军生擒

其子及部将皆战死

杨继业被擒不屈,绝食三日而亡"

资料里描述的也是死

仍见不到血腥

见不到沙场的残忍,陷阱的毒辣

最难敌的不是异族

而是一起出征的战友

自麟州被毁后,金建神木寨

元代为云州

明移置县城于今天的神木

从未到过的神木

旧时为边塞的神木

在诗文里是沙场点兵的地方

借酒怀乡的地方

与契丹为邻

藩汉杂居

有陕北的枣林也有西域的马匹

而让我惊讶的是无数次叹息过的那出戏

竟与这片土地有关

东京太远

汴河太远

这座憨厚的城池

从来就没有拒人于千里之外

即使我在小小的江南

也能闻到它浓烈的酒香

第三辑

小长诗

梨花

一

白色的事物喜欢在夜晚降临
比如死亡、恐惧和悲哀
这天在夜风中我闻到一股腐烂的菠萝味
甜腻而忧伤
如已过不惑的中年
而我仍然要远行
为了抗拒那些越来越早熟的衰败

梨花开在别处
如同死亡是别人家的事
我的小院里
花都是仿真的
玫瑰、月季、海棠、碧桃
都长着一张北方人的大脸

饱满、坚硬

不落泪

没有泥土和肮脏

无需风来当媒婆

也没有交欢的欲望

然而它们是有序的、干净的

没有阴晴

没有爱

也没有离开

没有孤独的生和孤独的死

没有开口的惊艳也没有迟暮的惊心

二

死亡在别处

癌，这个隐形的对手

从不在阳光下对质

他和你说话

顾左右而言他

他贪恋你口唇上的芬芳又想要

路过的身体

他一个一个吞下

你有的，你没有的

肚腩已有了中年的样子

他扮作白衣的书生

棉布长衫，如果不看眼角皱纹

还以为是马上得意的少年

人，一样生百样死

还有那么多种方式

可以让一个人消失

突然间，座位就空了

常去的那家殡仪馆悬在头顶的照片

换了一幅又一幅

对联却是一样的

谁都可以让青山同悲

河流低鸣

死去的人以不同的方式离开却以同样的方式

告别

他像一个物质

被清洗、更衣、化妆

安放在高台

接受众人的祭拜

接受痛哭或窃喜

三

我还没有离开

亲人像野花一样四散在原野

他们还在春天里

餐风饮露，见证各种生长与流逝

而我急于看到梨花

看到一万亩的白

山西的白，同川的白

一笑一惊心的白

如同提前接受一场葬礼

没看到花之前

我先吃到了果实

外形和普通的梨一样

只是更凉一些

源于梨窖

果实收下来直接进入窑洞

如当年的王宝钏

更贫穷更低矮

贮藏的泪水更多

因此一开口就是泪

就是它甜滋滋的泪

咬下去没有梨渣儿

入口即化

仿佛果实是块冰

见不得口腔的热情

见不得我对它的包裹

它多么善感

花带雨

果实也是一滴冰冻的泪

四

我分得清吗
东南贾、西南贾
天牙山、凤凰山
红门山
我们一路聊着天
没注意窗外
滹沱河一晃而过
接着是天牙山
接着还是山
黄色，不着一物
不用残颜遮羞
我在男人般裸露的身体间穿行
不觉羞耻，也不再有欲望

那个院子我仿佛来过
前生一定是个落魄的书生

在门廊下躲过雨

在院子里喝过一碗咸粥

在水缸前照过自己浪荡的魂魄

只是，看到这棵树后我走不动了

已是暮春，它还舍不得打开

白色花瓣像轻握的拳头

而它的枝干已等不及了

南北横陈

要多舒展有多舒展

它的脚丫已经伸到廊下

手臂够到了客房

我一不留神

就被它的指甲勾住

脖子上划下一道血痕

它要留下我吗

这是一棵暮春的梨树

叶多花细

枝干比花朵风骚

如一个母亲和她刚到豆蔻的女儿

五

这是梨树吗
有人大笑
这哪里是梨树
分明是李子树
夏天的时候果子多得吃不完
任它们掉下来
烂在地里

我想起那个风韵犹存的母亲
想起那些数不尽的子嗣
那些乱世中的春夜
少妇的叫喊和少女的挣扎
它是一对母女的命运
它只是一棵树的命运

梨树的命运是集体的

它们有浓重的口音

好像鼻子堵上了

呼吸不畅

每一句话都说得很认真

感叹词也很用力

不像潮湿的南方

感叹词一滑就过去了

像是怕摔跤

像是怕留下话柄

小亲圪蛋

想亲亲

蓝花花

从鼻音里蹦出的腔调婉转又直接

没有男恩女怨

没有化蝶

没有十里相送只为问一句

"英台若是女红妆

梁兄你愿不愿配鸳鸯……"

六

爱是裸露的

如同土地

六百里同川遇到的青草极少

在南方

草是最先知冷暖的

就像戏文里的小丫头

草长之后春才渐渐深了

柳上枝头，百鸟归林

花是最后出场的

她走三步退两步

水袖掩面

极尽矜持的姿态

这在北方不管用

若哪朵花有这样的慢性子

恐怕会被打入冷宫

梨花的开不需要草来探路

不需要水色天光

她想嫁就嫁了

不要喇叭唢呐

红头盖，大花轿

她想爱的时候

哪里都可以当她的洞房

七

生死一瞬间

爱与死也是一瞬间

高峰与深渊素来就有秦晋之好

它五瓣

花朵全部打开了

露出战栗的花蕊

而叶子，迟迟没有到来

它枝干粗大

老如故人

近的如吹梦玉箫

远的如白头宫女

它是滹沱河、黄河、汾河

它是红门山、天牙山、五台山

它是一个人壮阔的葬礼

我多么奢侈

一个在生的人目睹了自己的葬礼

郴州旅舍

一

记忆中的河流从澧水开始
从澧水至沅江
经资水、湘江
到湘江的支流耒水，耒水的支流郴江
那里才是我跋山涉水
想接近的故乡

多年以后我才知道
郴江并不是故乡的源头
最早的河流来自南阳
战乱中抬首迎黄河低眉接长江
交手于众多毛细血管般的支流
终于在南方一个僻静的山野安营扎寨
将他乡当故乡

故乡在哪里

长江以南或黄河以北？

或者更遥远的某个山洞

某颗微尘

何处不能认作故乡

何处又不是借宿的旅舍

二

青砖、玄瓦

雕着花纹的门楣

1993 年暑假

堂哥的永久牌自行车载我过郴江

伯父在对岸等我

挑着一副箩筐

笑眯眯地看着我

门槛有血管样的裂纹和发亮的肤色

这一道家族的门槛

横在中间

跨过去我们就是亲人

我认识这个笑眯眯的老头

如同认识我分别已久的父亲

虽然他俩一个瘦长一个矮胖

一个读过书一个不识字

一个投笔从戎四处漂泊落户于他乡

一个守着老屋生儿育女侍奉爹娘和土地

从他沉默的青春开始

他心疼这个小他十岁的弟弟

为他做笛子、摘野果、挖冬笋

为他打架和挨打

和母亲一起，为他争取上学的机会

爷爷暴躁、节俭

舍不得每一个从地里刨出

从嘴里省出的铜板

奶奶卖掉了嫁妆

才换来她的满崽、我父亲漂泊的前程

三

他奉父母之命娶妻生子
春种秋收养活一家老小
如同父亲和长辈们
如同循环往复的四季
没有起伏没有危险也没有爱情

那张蓝花布床帐
罩着一张婚配的床、有欢无爱的床、生育的床
罩着我的伯父伯母、爷爷奶奶和更久远的祖辈
在这张床上
没有爱也可以开花结果，开枝散叶
那股姓氏的血液
汩汩流淌从未停歇

我借宿二嫂家里

蟋蟀在床下鸣叫

月光洒进来如银子倾泻

伯母回来了

她坐在床头打量我

看我像不像她素昧平生的亲人

她生养三儿一女

侍奉二老

侍奉锅台和针线

她唯一可以倾心的是鞋垫

变着法儿换花样

如同和女伴交换细密的心思

她没有墓志铭

这人间她唯一留下的是她的姓氏

夫家的在前，她的在后

名字也省去了

叫燕子也好，叫春花秋菊也好

鸟雀花草都是过客

爱恨情仇皆是云烟

四

我的父亲不是
不是那座祠堂诞生出的合格品
他选择了逃婚、从军
即使在行军途中路过家乡看到母亲
也没有停下
他害怕一停下
就会陷入儿女情长难以自拔
如同他的父兄
如同他的祖祖辈辈

在毫无悬念的命运面前
他选择了抗拒而不是顺从
选择了动荡而失去了安稳
他的身体里必有一根反骨
一股逆流的血液
伴随他背井离乡，出生入死

经历那些跟谁也不愿提起的故事

我是他的女儿吗?
那个生下来就没有故乡的人
自记事起就不断搬家
房子是暂时的
家具是借来的
朋友们转眼各奔东西
没有一座城可以长久地住下
没有一个村庄聊以寄乡愁

我总在幻想逃离父母
幻想奔赴远方
却总被流落远方的父母羁绊
从少年到青年
到四面楚歌的中年
我不断地出发又返回
不要问我从哪里来
要往何处去
若灵魂能够永恒

身体又何尝不是客居的旅舍

五

生命的纸片薄如蝉翼

伯父不是猝然去世的
他是什么时候得上癌症的没人知道
他走的时候有多痛
也没人知道
我们只是突然接到他的死讯
之前的一切
他连信都懒得写
像收到一所大学的录取通知书
他像个淡定腼腆的学生
安心地等来了"开学"的日子

那时父亲身体还算硬朗
他顺水而下沅江

过资水、抵湘江，到耒水
从湘北辗转到湘南
从十八岁投笔从戎一路向北
到如今回到故里
用了整整四十年

兄弟俩总算见面了
可伯父累了
先躺下
来不及看一眼

生死两茫茫
白发的兄弟在灵前痛哭
他在棺木里独自哀愁

我失去的不只是伯父
还失去了父亲在那个村庄的唯一见证
他在那里生活过吗
他的婴童、少年和出走的青春
谁来给他做证？

六

如今
父亲已不会吃饭、不会说话
听力时有时无
神志时醒时梦
有时，他对着天花板自言自语
说着只有自己才懂的语言
他的眼神里含着委屈和无辜
像一个没犯错却挨了打的孩子
他缩起身子婴儿般睡着
好像回到了母亲的子宫

他来自哪里
那个有着同一姓氏的村庄吗？
谁来给他做证
父兄祖辈们都已仙逝
老屋残破荒草丛生

他没有来处，且去往虚无

我来自哪里
被称为"林中之邑"的郴州吗？
它曾经让将军叹惋
孤馆生寒
曾经让楼台迷失
渡船止步
可眼下
它高楼林立车来车往
无异于任何一座城市
没有远方
也没有河流

断桥十二拍

一

伞
追光下的伞
抚丝绸弄宣纸的伞
像一只命运的陀螺
它圆润，旋转
直到你像鱼一样地扎向我

二

风吹褶皱
浮桥只有十尺
犹如你我漫长的遇见
用脚丈量

一步为浮生一日
半日也可
一个柳荫下的瞬间也足以让我感激

三

一个人的婚礼
湖水上的楼阁
荷叶与水波相互拱手
而我什么也听不见
执鲛绡的人迟迟未来
这猩红的盖头
本是自己铺就的方寸洞房
我迷恋他软语吴侬的舌尖
迷恋于自己布下的罗网

四

你的缺席

是意料中的事

刺向我的如果不是刀尖

必是暗卷的乌云

我更期待那挑破的一瞬

猩红的幸福如不能从天而降

那就从掌心开出

十里相送的荷花

而这样的痛快也没有

隐秘的剑影一层一层卷叠

负我于微凉的背

五

我已习惯了乌云

冷静的灰

从来没有欺骗

不像你一袭白衫

不像你似笑非笑的朱唇间

又在许诺下一次遇见

我活在灰色里

随他度年如日

随他低伏翻卷

随他看浅薄的人世

终不能尽欢

六

鼓声？

哪来的鼓声

一阵一阵

咚咚——咚咚——咚咚……

追兵就要来了

我已无处躲藏

七

"雨还在下

谁在船上……"

谁在陷落的舞台

谁在飘摇的剧场

你我隔山重水复

汴州可作杭州

你我之间

永远隔着一幅水袖的距离

甩一下是云梯悬浮

再甩一下是英雄落泪

八

终于遇见

你没有骑高头大马

我于乌云的布阵里破解出竹林小径

断桥太过奢华

立于桥上的都是故事里的佳人

而你我

只能在竹光月影下对望几眼

你不敢抬头

我望不见你清亮的瞳仁里
我的粉红罗裙，玉镯素手

九

我还要什么遇见
这一次已经足够
两个人的战争里
你不是吻剑的大王
我也不是烈死的虞姬
我们还要苟活于世
看白发借一滴灵隐的甘露就能发芽
承诺太多了
美好太多了
都是当空的满月
让我们活在仰望里

十

你闪身于一只夜航船

如当初那条粉红的鲷鱼

直愣愣地扑向我

你的来和去都是传说

这湖边的传说太多了

再多一个又有何妨

闪烁的湖水

终是南柯一梦

十一

我也终将是一只

闪烁的白鹤

我忘记了行走学会将揽你入怀的手臂

伸向更虚无的夜空

这华美的人世不过是一只孤独的伞柄

那时，伞柄是笔直的
你温热的手臂是弯曲的
似乎向我微微地屈服

十二

伞柄如你的手臂
瘦削，轻薄
它弯曲，折断
像一根枯枝躬身告退于世界
这夜的良辰美景本是一场水幕电影
断桥边的荷塘起风了
水波从孤山那边推过来
一层一层
如舌尖滚动着舌尖

玉堂春

一

1路公交车
从西池口经涧桥、莲花市场
到不了以你命名的地方
浅门槛
一朝迈入则深似海底
探不到明日命运的下落
两尊石狮
路过也要磕头
我在想象中挤进烈日下的公交车
当——嚓嚓，当——嚓嚓
如戏台上穿官靴踱方步的小生
还是到不了你在的地方
你一袭素裙等在那里
披枷戴锁，脚移一字莲花

简单得没有根基
没有泥淖下的水

二

"苏三离了洪洞县
将身来在大街前……"

西皮流水中，你侧身亮相
在洪洞
槐树一棵棵吐着蜜
吐着北方夏天的缠绵
你在槐花树下走过
枷是身上唯一的行李
这些北方的蜜
缠住你离去的脚步
这个使你蒙冤的地方
那些低矮的栅栏明亮的刀
还有什么舍不得

你当街跪下

"哪一位去往南京转

与我那三郎把信传"

你怕起解离洪洞

会失去在这个薄世上最后的影子

洪洞狱中消失了一个冤死的客

苏三这一走

三郎来世当报还

三

"人言洛阳花似锦

偏奴行来不是春"

洛阳不比南京

有花树千棵流云数朵

没有泼脂粉倒琉璃

而这都是当初的事了

此刻洪洞宫冷

洗衣池上寒衣犹在

你一锤一锤敲打

用以遮蔽杖戟的声音

让过堂的传讯来得更晚一点

或者本就是将竹影误作了刀光

此南墙高一丈八尺

比三郎还高

比苏院还高

高过可以依赖的所有囚牢

他们不需以流沙为证

苏三纵使生双翼

也不想逃脱这厚实的窑洞

它曾记载过一个犯妇的名字

让若干年后到此巡按的公子

闻到豆蔻那年开怀的气息

四

槐花，槐花
落地为沉湎的香
这匝地的粉末是离散的仪式
从此洪洞无故人

槐花，槐花
槐花在老爹爹脚下
她许你有惊喜的甜
这五瓣的精灵
卸下枷锁
启开你短暂的自由

我到的时候也如六百年前的热
槐树没有六百年的根
你跪下如石雕
朝向老人苍白的胡须

一切都已经冻洁
唯槐花没有知觉地飘落

五

"想当年在院中艰苦受尽
到如今只落得罪衣罪裙"

慢板
你走在押赴太原的路上
这途中的慢
无名小花和车马的灰尘
是你起解中的风景
你一字一句吐出
又胡琴婉转，声音尖锐
配合你水袖慢挽
配合你前半生的黑

你七岁卖身入娼门

豆蔻之岁遇公子

当千金散尽

公子落难苦读求功名

你落于富商之手

遭毒妇陷害顶替罪名

六

洪洞到太原有多远

若不是高速大巴

须走多少个时日

我逆你而行

恰如微服私访的八府巡按

他在轿中掀开深蓝花布的一角

你是路边突然刮起的细沙

我逆你而行

睡一阵醒一阵

沿路有黄土的山峰水淹的庭院

风吹玉米林和着西皮散板

它们在远处摇曳

和我隔着一层窗子的距离

如我在戏中望到你

七

你忘了名字

忘了生于周姓人家

忘了苏三在苏家楼阁里穿行

青楼生涩，步步是蔓延的绯红

你唤自己为玉堂春

如三郎第一次唤你

他与你买玉盏与翠瓶

造南楼北阁

醉生于百花亭里

百花亭是你指尖的洛阳

当牡丹春尽

书生作别还魂的杜娘

三郎逃难回转南京

你想忘了南京

忘了秦淮之水升起的香

偶得的后庭，付水的桃花

你不用等待

这个薄纱垂立的院中

三郎只是一个无底的谜

八

"他一家骨肉多和顺

他与我露水夫妻有的什么情"

在公堂

你不敢看顶冠束带的大人

刀斧手吓得你不寒而栗

你不知道明镜之上

立着你往日的三郎

南楼上曾经厮混的公子

你不敢抬头

你习惯了低

见石狮磕头，望槐树行礼

你只想匍匐到泥土里

没有人知道，也不会被拷打

多年以后

当你终于成为泥土

你的小坟匍匐于王家显赫的墓林外

世间并无惊喜

欢爱的肉体只不过是两只沸腾的小兽

低下去的那一部分

身后也未能填平

九

"眼前若有公子在
纵死黄泉也甘心"

眼前是让你赴死的人
公堂之上
一个是手执惊堂木的八府巡按
一个是谋害亲夫的犯妇妓女
你在公堂下急移莲步
用西皮快板的急促
唤醒当年采花人

你还在等待
等他开口唤你
玉堂春——
时光又倒流了
这一次次倒回去的水

是你在死牢的暖

刑具上轻抚的指尖

鞭子不是青蛇，刀斧好比面具

这一次次倒回去的水

十

"满面春风下堂转

只得暂住白衣庵"

又一个西皮流水

如当初离了洪洞县

苦青衣终于露出了笑

你行将离场

作别这个大团圆的结局

此时鼓乐齐鸣

新人插花披红拜天地高堂

这是对一个戏迷最好的安慰

十一

苏三，你真的在吗
你会伸出青葱的手指
托出项链般的手铐
你的枷雕龙画凤
形同两块硬纸板的道具
洪洞到太原是几段唱词的距离
你知道西皮流水、散板快板与二黄？

落难女子能重逢多情的郎君
鸾凤可呈祥
深冤能昭雪
痴迷的人终能找到他的归宿？

苏三，你只在戏文里
你的一声道白"苦哇——"
博得满堂彩

你唱他们的命，恨他们恨不了的人
过他们的坎
了结他们如鲠在喉的恩仇

你不在洞房
没有谁揭去你虚设的盖头
三郎是你臆想的过客
他没有黄榜高中
早已醉死于温柔他乡

你只在卷宗里
在洪洞监狱的死牢
你上过枷受过刑
徘徊在几尺见方的洞口
在招供的文本上画过押
为一桩来历不明的官司
画一个皆大欢喜的句号

后记

　　这本诗集包含了我 2012 年下半年至今的一些精选之作。为什么从 2012 年下半年选起，是因为回头看我二十年的写作经历，2012 年下半年是一个转折期。这一时期诗的风格有一个质的飞跃，从温婉到粗粝，从小女人、小温暖、小幸福到雌雄难辨。因此，本书开篇就是那段时间的一个长组诗《五水图》的部分作品，写的是我沿着一条河流——沅江行走的经历，从湖南常德出发一直上溯到贵州，沅江的源头，这些诗也曾获得一些褒奖。

　　自那以后，我陷入了思考。以后的诗该怎样写，毕竟，沅江只有一条，这样的经历也是可遇而不可求的。我该怎样从依赖于外物中抽身，于平常生活中写出同样优秀的诗作？

　　我做了一些尝试，比如，写了若干专题组诗，也尝试写了些小长诗。这些尝试对我是有益的，长诗如同中长跑，要有耐力，要有一段时间不间断的激情，即使在现实生活中不得不写一段停一段，但诗的气韵不能断。写组诗也是如此。所以，这本书没有按题材分类，而是按诗歌的形式分为组诗、短诗和小长诗，小长诗和组诗就是那段时间实验的产物，虽然有一些失败之笔，但回头来看，还是有一些我钟爱的，比如以戏剧为题材的《玉堂春》《旋转》，呈现一个中年人内心生活的《梨花》《银杏客栈》《旧核桃树》，追问"故乡"的《郴州旅舍》，观照童年的《出生地》，对常德文史作一些寻访研究的《穿紫河笔记》等。

2018、2019 年的时候，因为杂事太多，我停了下来。加上我觉得再写，也是流水线上的产品复制，毫无意义。以素材为王的写作我尝试过了，从形式上突破的实验我也做了，接下来，我该写什么，我该怎样写？

2020 年春节伊始，全球暴发了前所未有的新冠疫情。在漫长的疫情期间，我把以前买了没时间看的书全都看了。边看边写，又重新敲起了键盘。从 2020 年 3 月开始到现在，我写作越来越随性，想写就写，不想写就不写。因为我已经写了这么多年，多写一首少写一首没任何意义，意义在于，这一首和上一首有没有不同。

在这段特殊时期，我反而越来越平静，不焦虑了。从这本诗集的篇幅来看，短诗占大部分。这一辑也是自 2020 年以来，我有意无意的所思所想。这三年出门少，大部分时间是于庸常生活中为稻粱谋，也有刹那的感动，遥远的回忆……甚至还有一些是命题作文，如《与君书》《杨家将》等，却让我写起来激情喷涌。或许在一个既定的题目下，我没去过彼岸，心却跨越了千山万水，到了彼时彼岸，随诗中的人物一起经历大风大浪。也正如书名所示，于世俗的阳台上看到了远方的大海、胸中的大海。

感谢李立先生为诗人们所急所想，主编这套文库，使我这些散碎的文字得以成集、付梓。感谢这一路走来，给予我写作上帮助和支持的老师、朋友们！

邓朝晖

2023 年深冬写于常德家中